AF131800

Prosper Mérimée

Mateo Falcone

Prosper Mérimée

Mateo Falcone

© 2022 Culturea Editions

Editions : Culturea (Hérault, 34)

contact : infos@culturea.fr

ISBN : 9782382748404

Date de parution : septembre 2022

Préface

Mateo Falcone *a paru pour la première fois dans la* Revue de Paris, *en mai 1829. C'était le premier article donné par P. Mérimée à cette Revue, qui avait commencé de paraître en avril, sous la direction du docteur Véron. Le texte imprimé ici est la reproduction exacte du manuscrit original qui est en notre possession. En le comparant avec l'édition des Nouvelles de Mérimée publiée chez Charpentier, et même avec le texte de la* Revue de Paris, *nous avons pu constater quelques différences de style et quelques variantes qui représentent évidemment les corrections faites par Mérimée sur les épreuves de la* Revue. *Nous avons cru inutile de les souligner : chaque lecteur sera à même de les relever en comparant ce texte avec celui des Nouvelles, qui est dans toutes les bibliothèques. Elles sont du reste de peu d'étendue, quoique curieuses : Mérimée travaillait beaucoup ses ouvrages avant de les livrer à l'impression, de sorte qu'il avait très peu de corrections à y faire. Cela explique également comment le manuscrit, tout entier de sa main, n'offre que très peu de ratures.*

Voulant faire de cette réimpression une curiosité littéraire, nous avons conservé exactement la ponctuation et l'orthographe de l'auteur, sauf dans les cas d'erreur évidente ; nous avons également reproduit la date, qui est en grec, et nous n'avons supprimé de tout le manuscrit qu'une polissonnerie, écrite de même en grec moderne, qui suivait la date et qui était tout au moins inutile.

Ce qui donnera, pensons-nous, un prix particulier à ces quelques pages, c'est le portrait qui se trouve en tête de cette édition.

*Les portraits de Mérimée sont fort rares et très recherchés. Ils ont fait dernièrement l'objet de deux publications curieuses : un article de M. Maurice Tourneux, inséré dans l'*Amateur d'autographes *et réimprimé à part, et une brochure de M. Poulet-Malassis, contenant la reproduction de la lithographie rarissime du portrait de Mérimée en femme qui servait de frontispice à quelques exemplaires de la première édition du* Théâtre de Clara Gazul. *Celui que nous donnons est particulièrement curieux en ce qu'il était tout à fait inconnu et*

1

qu'il nous montre Mérimée très jeune. C'est, comme on le voit, un dessin peint légèrement à la gouache ; la main parait être d'une femme, et sans doute d'une Anglaise. Ce portrait était joint au manuscrit original de Mateo Falcone, *que M. Étienne Charavay a bien voulu acquérir pour nous dans une des ventes d'autographes qu'il a faites cet hiver, et qui contenait plusieurs pièces provenant du cabinet de M*me *Dubois-Fresnel, cousine de Mérimée. On voit, par cette provenance, que l'authenticité du manuscrit et du portrait ne saurait être douteuse.*

*Puisque nous venons de nommer M. Étienne Charavay, on nous saura gré sans doute d'user de l'autorisation qu'il a bien voulu nous accorder gracieusement de reproduire deux lettres autographes adressées à Mérimée, l'une par M. Thiers, l'autre par Béranger, qui faisaient partie toutes deux de la même collection. Ces lettres ont été publiées déjà dans le numéro de janvier 1876 de l'*Amateur d'autographes, *cette curieuse revue trop peu connue du public, mais très appréciée de tous ceux qui s'intéressent à la recherche des documents historiques ou littéraires.*

Les voici.

On sait que Prosper Mérimée s'était occupé d'écrire une vie de César. Ce fut même la grande préoccupation de toute sa vie. Dans sa correspondance publiée et inédite, on trouve les traces de cette étude depuis sa plus grande jeunesse jusqu'à ses dernières années. Les morceaux qui ont paru à différentes époques sur la Guerre sociale, *et qui ont été réunis en volume sous le titre d'*Études d'histoire romaine, *n'étaient que des fragments de son grand travail qu'il livrait au public comme essais. Cet ouvrage important, terminé depuis longues années, et que l'auteur se plaisait à revoir et à corriger sans cesse, est absolument perdu pour nous, la première partie ayant disparu dans l'incendie des Tuileries, la seconde dans l'incendie de l'appartement que Mérimée occupait rue de Lille, au coin de la rue du Bac, pendant les jours terribles de l'agonie de la Commune, en mai 1871.*

Mérimée avait fait paraître en 1841 son étude sur la Guerre sociale, *qui ne fut distribuée qu'à quelques-uns de ses amis. M. Thiers en reçut un exemplaire, et répondit en ces termes :*

« Mon cher Mérimée,
Je vous remercie de votre volume et de votre aimable billet. J'aime l'histoire romaine par-dessus toutes les autres, et je vous envie votre sujet et votre

2

manière de rendre les choses. Je le lirai certainement. Je vous prie de me procurer tout de suite les notes de M. Réal, car je vais partir sous peu de jours. Vous me rendrez un grand service de venir me parler ce soir du contenu de ces notes.

Adieu. Mille tendresses.
A. THIERS. »

Béranger, au contraire, exhala sa haine contre les Romains dans la lettre suivante :

« *J'ai engagement, mon cher Prosper, pour aller à la campagne chez de bons amis, et c'est pour la fin de cette semaine que j'ai donné parole. Je ne puis donc accepter votre dîner, soit à Paris, soit à Versailles, ce dont je suis très fâché, je vous prie de le croire ; c'est plaisir remis.*

Je suis aux deux tiers de votre livre. Vraiment, c'est bien savant pour moi, et j'admire la profondeur et la patience de votre érudition. Votre style ne sent pourtant pas le pédant, malgré la gravité du sujet. Le tout me fait bien augurer pour votre César. Quels gredins c'étaient que vos Romains ! Je répète toujours qu'ils n'ont été que les portefaix dont la Providence s'est servie pour porter les lumières de la Grèce dans tout le monde ancien. Les Athéniens n'avaient ni les épaules assez fortes ni le jarret assez solide pour cette besogne. Votre canaille romaine, brutale et féroce, n'était propre qu'à cela ; mais elle s'éclairait du flambeau qu'elle portait. Quel horrible peuple ! Quand cessera-t-on de le recommander à l'admiration des petits enfants et des vieux imbéciles ?

Tout ceci ne dit rien contre votre César, quoique ce fût un assez vilain monsieur, meilleur pourtant que la plupart de ses concitoyens.

Je regrette, pour moi ignorant, que, dans votre Guerre sociale, *vous n'ayez pas pris la peine d'indiquer en note les lieux modernes correspondant aux provinces italiotes ou italiennes où se passent les différentes actions de cette guerre, passablement embrouillée. Au reste, la précaution est inutile pour l'Académie des inscriptions.*

Savez-vous qu'il me fait peur de vous voir si savant ? Je pense à votre excellent père, qui renonça aux heureuses dispositions qu'il avait pour la peinture afin de s'adonner à la chimie. Si vous alliez, au milieu de ce fatras historique, oublier les Clara Gazul, *les* Chroniques, *les* Romans *et les* Nouvelles ! *Ne faites pas pareille folie, et croyez-moi*

Tout à vous de cœur.
BÉRANGER.
12 mai.
M. Mérimée, rue des Beaux-Arts, 10, *Paris.* »

Les derniers mots si sensés de la lettre de Béranger sont pour nous à la fois une consolation de la perte du manuscrit de la Vie de César, *et une excuse de la réimpression d'une des premières nouvelles, et peut-être de la plus caractéristique des œuvres de la jeunesse de Mérimée.*

Si les amateurs auxquels en sont destinés les rares exemplaires y prennent quelque plaisir, nous les prévenons que leurs remerciements doivent s'adresser non pas à nous, mais à M. Étienne Charavay, à M. Charpentier et à M. E. du Sommerard, ami et exécuteur testamentaire de Mérimée, qui ont bien voulu, chacun en ce qui le concerne, nous mettre à même de le leur donner.

Paris, 1876.

M^{IS} DE QUEUX DE SAINT-HILAIRE.

4

Mateo Falcone

Mœurs de la Corse

En sortant de Porto-Vecchio, et se dirigeant vers l'intérieur de l'île, on voit le terrain s'élever assez rapidement, et, après trois heures de marche par des sentiers tortueux, obstrués par de gros quartiers de rocs, et quelquefois coupés par des ravins, on se trouve sur le bord d'un *maquis* très étendu : C'est la patrie des bergers corses, et de quiconque s'est brouillé avec la justice. Il faut savoir que le laboureur corse, pour s'épargner la peine de fumer son champ, met le feu à une certaine étendue de forêt : Tant pis si la flamme se répand plus loin que besoin n'est. Arrive que pourra, on est sûr d'avoir une bonne récolte en semant sur cette terre fertilisée par les cendres des arbres qu'elle portait. Les épis enlevés, car on laisse la paille, qui donnerait de la peine à recueillir, les racines qui sont restées en terre sans se consumer, poussent l'année suivante des cépées très épaisses, qui en peu d'années parviennent à une hauteur de sept ou huit pieds. C'est cette manière de taillis fourré, que l'on nomme le *Maquis*. Différentes espèces d'arbres et d'arbrisseaux le composent, mêlées et confondues comme il plaît à Dieu. Ce n'est que la hache à la main que l'homme s'y ferait un passage, et l'on voit des *maquis* si épais et touffus que les mouflons eux-mêmes ne peuvent y pénétrer.

Si vous avez tué un homme, allez dans le maquis de Porto-Vecchio et vous y vivrez en sureté, avec un bon fusil, de la poudre et des balles ; n'oubliez pas un manteau brun garni d'un capuchon, et qui sert de couverture et de matelas. Les bergers vous vendront du lait et du fromage, et vous n'aurez rien à craindre de la justice ou des parents du mort, si ce n'est quand il vous faudra descendre à la ville pour y renouveler vos munitions.

Mateo Falcone, quand j'étais en Corse en 181 –, avait sa maison à une demi-lieue de ce maquis. C'était un homme assez riche pour le canton : vivant noblement, c'est-à-dire sans rien faire, du produit de ses troupeaux que des bergers, espèces de nomades, menaient paitre ç'a et là sur les montagnes. Lorsque je le vis, deux années après l'évènement que je vais raconter, il me parut âgé de cinquante ans tout au plus. Figurez-vous un homme robuste, mais petit, avec des cheveux crépus noirs comme le jais, un nez aquilin, les lèvres minces, les yeux grands et vifs, et un teint couleur de revers de botte. Son habileté nu tir du fusil passait pour extraordinaire même dans son pays, où il y a tant de bons tireurs. Par exemple Mateo n'aurait jamais tiré sur un mouflon avec des chevrotines ; mais à cent vingt pas il l'abattait d'une balle dans la tête ou dans l'épaule, à son choix. La nuit, il se servait de ses armes aussi facilement que le jour, et l'on m'a cité de lui ce trait d'adresse, qui paraîtra peut-être incroyable à qui n'a pas voyagé en Corse. À quatre-vingts pas, on plaçait une chandelle allumée derrière un transparent de papier large comme une assiette ; il mettait en joue, puis on éteignait la chandelle, et au bout d'une minute, dans l'obscurité la plus complète il tirait et perçait le transparent trois fois sur quatre.

Avec un mérite aussi transcendant, Mateo Falcone s'était attiré une grande réputation. Il passait pour aussi bon ami que dangereux ennemi. D'ailleurs serviable et aumônier, il vivait en paix avec tout le monde dans le district de Porto-Vecchio. Mais on contait qu'à Corte où il avait pris femme il s'était débarrassé fort vigoureusement d'un rival qui passait pour aussi redoutable en guerre qu'en amour : du moins on attribuait à Mateo certain coup de fusil qui surprit ce rival comme il était à se raser devant un petit miroir pendu à sa fenêtre. L'affaire assoupie, Mateo se maria. Sa femme Giuseppa lui avait donné d'abord trois filles (dont il enrageait) et enfin un fils, qu'il nomma Fortunato. C'était l'espoir de sa famille, l'héritier du nom. Les filles étaient bien mariées : leur père pouvait compter au besoin sur les poignards et les escopettes de ses gendres. Le fils n'avait que dix ans, mais il annonçait déjà d'heureuses dispositions.

Un certain jour d'automne, Mateo sortit de bonne heure avec sa femme pour aller visiter un de ses troupeaux dans une clairière du maquis. Le petit Fortunato voulait l'accompagner, mais la clairière était trop loin, d'ailleurs il fallait bien que quelqu'un restât pour garder la maison. Le père refusa donc ; on verra s'il n'eut pas lieu de s'en repentir.

Il était absent depuis plusieurs heures, et le petit Fortunato était tranquillement étendu au soleil, regardant les montagnes bleues, et pensant que le dimanche prochain il irait diner à la ville chez son oncle le Caporale, quand il fut soudainement interrompu dans ses méditations par l'explosion d'une arme à feu. Il se leva et se tourna du côté de la plaine d'où partait ce bruit. D'autres coups de fusil succédèrent tirés à intervalles inégaux et toujours de plus en plus rapprochés. Enfin dans le sentier qui menait de la plaine à la maison de Mateo parut un homme, coiffé d'un bonnet pointu comme en portent les montagnards, barbu, couvert de haillons, et se traînant avec peine en s'appuyant sur son fusil. Il venait de recevoir un coup de feu dans la cuisse.

Cet homme était un proscrit qui, étant parti de nuit pour aller acheter de la poudre à la ville, était tombé en route dans une embuscade de voltigeurs corses. Après une vigoureuse défense, il était parvenu à faire sa retraite, vivement poursuivi et tiraillant de rocher en rocher. Mais il avait peu d'avance sur les soldats, et sa blessure le mettait hors d'état de gagner le maquis avant d'être rejoint.

Il s'approcha de Fortunato et lui dit :
– Tu es le fils de Mateo Falcone ?
– Oui.
– Moi je suis Gianetto Sanpiero. Je suis poursuivi par les collets jaunes. Cache-moi, car je ne puis aller plus loin.
– Et que dira mon père, si je te cache sans sa permission ?
– Il dira que tu as bien fait.
– Qui sait ?
– Cache-moi vite. Ils viennent.
– Attends que mon père soit revenu.
– Que j'attende ! malédiction ! Ils seront ici dans cinq minutes. Allons ! cache-moi, ou je te tue.

Fortunato lui répondit avec le plus grand sang-froid :
– Ton fusil est déchargé, et il n'y a plus de cartouches dans ta giberne.
– J'ai mon stylet.
– Mais courras-tu aussi vite que moi ? – Il fit un saut, et se mit hors d'atteinte.
– Tu n'es pas le fils de Mateo Falcone ! Me laisseras-tu donc arrêter devant ta maison !

L'enfant parut touché.
– Que me donneras-tu si je te cache ? dit-il en se rapprochant.

Le proscrit fouilla dans une poche de cuir qui pendait à sa ceinture et il en tira une pièce de cinq francs, qu'il avait réservée sans doute pour acheter de la poudre. Fortunato sourit à la vue de la pièce d'argent, il s'en saisit, et dit à Gianetto :

– Ne crains rien.

Aussitôt, il fit un grand trou dans un tas de foin placé auprès de la maison. Gianetto s'y blottit, et l'enfant le recouvrit de manière à lui laisser un peu d'air pour respirer, sans qu'il fût possible cependant de soupçonner que ce foin cachât un homme. Il s'avisa de plus d'une finesse de sauvage assez ingénieuse. Il alla prendre une chatte et ses petits, et les établit sur le tas de foin pour faire croire qu'il n'avait pas été remué depuis peu. Puis remarquant des traces de sang sur le sentier près de la maison, il les couvrit de poussière avec soin, et cela fait, il se recoucha au soleil avec la plus grande tranquillité.

Quelques minutes après six hommes en uniformes bruns à collets jaunes, et commandés par un adjudant, étaient devant la porte de Mateo. Cet adjudant était quelque peu parent de Falcone (on sait qu'en Corse, on suit les degrés de parenté beaucoup plus loin qu'ailleurs). Il se nommait Tiodoro Gamba : c'était un homme actif, fort redouté des proscrits dont il avait déjà traqué plusieurs.

– Bonjour, petit cousin, dit-il à Fortunato en l'abordant, comme te voilà grandi. – As-tu vu passer un homme, tout à l'heure ?

– Oh ! je ne suis pas encore si grand que vous, mon cousin, répondit l'enfant d'un air niais.

– Cela viendra. Mais n'as-tu pas vu passer un homme, dis-moi ?

– Si j'ai vu passer un homme ?

– Oui, un homme avec un bonnet pointu de peau de chèvre et une veste brodée de rouge et de jaune ?

– Un homme avec un bonnet pointu, et une veste brodée de rouge et de jaune ?

– Oui, réponds vite, et ne répète pas mes questions.

– Ce matin, Monsieur le curé est passé devant notre porte sur son cheval Piero. Il m'a demandé comment papa se portait et je lui ai répondu…

– Ah ! petit drôle, tu fais le malin ! Dis-moi vite par où est passé Gianetto, car c'est lui que nous cherchons, et, j'en suis certain, il a pris par ce sentier.

– Qui sait ?

– Qui sait ? C'est moi qui sais que tu l'as vu.

– Est-ce qu'on voit les passants quand on dort ?

– Tu ne dormais pas, vaurien, les coups de fusil t'ont réveillé.

– Vous croyez donc, mon cousin, que vos fusils font tant de bruit. L'escopette de mon père en fait bien davantage.

– Que le diable te confonde ! maudit garnement ! Je suis bien sûr que tu as vu Gianetto ; peut-être même l'as-tu caché. Allons, camarades, entrez dans cette maison et voyez si notre homme n'y est pas. Il n'allait plus que d'une patte, et il a trop de bon sens le coquin pour avoir cherché à gagner le maquis en clopinant. D'ailleurs les traces de sang s'arrêtent ici.

– Et que dira papa, demanda Fortunato en ricanant, que dira-t-il s'il sait qu'on est entré dans sa maison pendant qu'il était sorti ?

– Vaurien ! dit l'adjudant Gamba, en le prenant par l'oreille, sais-tu qu'il ne tient qu'à moi de te faire changer de note ? Peut-être qu'en te donnant une vingtaine de coups de plat de sabre, tu parleras enfin ?

Et Fortunato ricanait toujours.

– Mon père est Mateo Falcone ! dit-il avec emphase.

– Sais-tu bien, petit drôle, que je puis t'emmener à Corte ou à Bastia. Je te ferai coucher dans un cachot, sur la paille, les fers aux pieds, et je te ferai guillotiner, si tu ne dis où est Gianetto Sanpiero.

L'enfant éclata de rire à cette ridicule menace. Il répéta :

– Mon père est Mateo Falcone !

– Adjudant, dit tout bas un des voltigeurs, ne nous brouillons pas avec Mateo.

Gamba paraissait évidement embarrassé. Il causait à voix basse avec ses soldats qui avaient déjà visité toute la maison. Ce n'était pas une opération fort longue, car la cabane d'un Corse ne consiste qu'en une seule pièce carrée. L'ameublement se compose d'une table qui sert de lit, des bancs, des coffres et des ustensiles de chasse ou de ménage. Cependant le petit Fortunato caressait sa chatte, et semblait jouir malignement de la confusion des voltigeurs et de son cousin.

Un soldat s'approcha du tas de foin. Il vit la chatte, et donna un coup de baïonnette dans le foin avec négligence, et haussant les épaules comme s'il sentait que sa précaution était ridicule. Rien ne remua ; et le visage de l'enfant ne trahit pas la plus légère émotion.

9

L'adjudant et sa troupe se donnaient au diable ; déjà ils regardaient sérieusement du côté de la plaine, comme disposés à retourner par où ils étaient venus, quand leur chef, convaincu que les menaces ne feraient aucune impression sur le fils de Falcone, voulut faire un dernier effort et tenter le pouvoir des caresses et des présents.

– Petit cousin, dit-il, tu me parais un gaillard bien éveillé ! Tu iras loin. Mais tu joues un vilain jeu avec moi, et si je ne craignais de faire de la peine à mon cousin Mateo, le diable m'emporte, si je ne t'emmenais pas avec moi.

– Bah !

– Mais quand mon cousin sera revenu, je lui conterai l'affaire, et pour ta peine d'avoir menti, il te donnera le fouet jusqu'au sang.

– Savoir ?

– Tu verras… mais, tiens… sois brave garçon, et je te donnerai quelque chose.

– Moi, mon cousin, je vous donnerai un avis, c'est que si vous tardez davantage, le Gianetto sera dans le maquis, et alors il faudra plus d'un luron comme vous, pour aller l'y chercher.

L'adjudant tira de sa poche une montre d'argent, qui valait bien six écus, et remarquant que les yeux du petit Fortunato étincelaient en la regardant, il lui dit en tenant la montre suspendue au bout de sa chaine d'acier :

« Fripon ! tu voudrais bien avoir une montre comme celle-là suspendue à ton col, et tu te promènerais dans les rues de Porto-Vecchio, fier comme un paon, et les gens te demanderaient quelle heure est-il ? et tu leur dirais : Regardez à ma montre.

– Quand je serai grand, mon oncle le caporale me donnera une montre.

– Oui ? mais le fils de ton oncle en a déjà une… pas aussi belle que celle-ci à la vérité… cependant il est plus jeune que toi.

L'enfant soupira.

– Eh bien ! la veux-tu cette montre, petit cousin ? »

Fortunato lorgnant la montre du coin de l'œil, ressemblait à un chat à qui l'on présente un poulet tout entier. Comme il sent qu'on se moque de lui, il n'ose y porter la griffe, et de temps en temps il détourne les yeux pour ne pas s'exposer à succomber à la tentation ; mais il se lèche les babines à tout moment, et il a l'air de dire à son maître : « Que votre plaisanterie est cruelle ! »

Cependant l'adjudant Gamba semblait de bonne foi en présentant sa montre. Fortunato n'avança pas la main, mais il lui dit avec un sourire amer : Pourquoi vous moquez-vous de moi ?

– Par Dieu ! je ne me moque pas. Dis-moi seulement où est Gianetto, et cette montre est à toi.

Fortunato laissa échapper un sourire d'incrédulité, et fixant ses yeux noirs sur ceux de l'adjudant, il s'efforçait d'y lire la foi qu'il devait avoir en ses paroles.

– Que je perde mon épaulette ! s'écria l'adjudant, si je ne te donne pas cette montre à cette condition ! Les camarades sont témoins. Et je ne puis m'en dédire.

En parlant ainsi il approchait toujours la montre, tant qu'elle touchait presque la joue pâle de l'enfant. Celui-ci montrait bien sur sa figure le combat que se livraient en son âme la convoitise et le respect dû à l'hospitalité. Sa poitrine nue se soulevait avec force, et il semblait près d'étouffer. Cependant la montre oscillait, tournait, et quelque fois lui battait le bout du nez. Enfin peu à peu sa main droite s'éleva vers la montre : le bout de ses doigts la toucha, et elle pesait toute entière dans sa main sans que l'adjudant lâchât pourtant le bout de la chaine… Le cadran était azuré… la boëte nouvellement fourbie… au soleil elle paraissait toute de feu… La tentation était trop forte.

Fortunato éleva aussi sa main gauche, et indiqua du pouce par-dessus son épaule le tas de foin auquel il était adossé. L'adjudant le comprit aussitôt. Il abandonna l'extrémité de la chaine ; Fortunato se sentit seul possesseur de la montre. Il se leva avec l'agilité d'un daim et s'éloigna de dix pas du tas de foin, que les voltigeurs se mirent aussitôt à culbuter.

On ne tarda pas à voir le foin s'agiter, et un homme sanglant et le poignard à la main en sortit, mais comme il essayait de se lever en pieds, sa blessure refroidie ne lui permit plus de se tenir debout. Il tomba ; l'adjudant se jeta sur lui et lui arracha son stylet ; aussitôt on le garrotta fortement, malgré sa résistance.

Gianetto couché par terre, et lié comme un fagot, tourna la tête vers Fortunato qui s'était rapproché. « Fils de… ! » lui dit-il avec plus de mépris que de colère. L'enfant lui jeta la pièce d'argent qu'il en avait

11

reçu, sentant qu'il avait cessé de la mériter. Mais le proscrit n'eut pas l'air de faire attention à ce mouvement ; il dit avec beaucoup de sang-froid à l'adjudant : « Mon cher Gamba, je ne puis marcher ; vous allez être obligés de me porter à la ville.

– Tu courais tout à l'heure plus vite qu'un chevreuil, repartit le cruel vainqueur. Mais sois tranquille. Je suis si content de te tenir que je te porterais une lieue sur mon dos sans être fatigué. Au reste mon camarade nous allons te faire une litière avec des branches et ta capote, et à la ferme de Créspoli, nous trouverons des chevaux.

– Bien, dit le prisonnier ; vous mettrez aussi un peu de paille sur votre litière, pour que je sois plus commodement.

Pendant que les voltigeurs s'occupaient les uns à faire une espèce de brancard avec des branches de châtaigniers, les autres à panser la blessure de Gianetto, Mateo Falcone et sa femme parurent tout d'un coup au détour du sentier qui conduisait au maquis. La femme s'avançait courbée péniblement sous le poids d'un énorme sac de châtaignes, tandis que son mari se prélassait ne portant qu'un fusil à la main et un autre en bandoulière : car il est indigne d'un homme de porter un autre fardeau que ses armes.

À la vue des soldats, la première pensée de Mateo fut qu'ils venaient pour l'arrêter. Mais pourquoi cette idée ? Mateo avait-il donc quelques démêlés avec la justice ? Non. Il jouissait d'une bonne réputation. C'était, comme l'on dit, *un particulier bien famé*. Mais il était Corse et montagnard, et il n'y a point de Corse montagnard qui en scrutant bien sa mémoire, n'y trouve quelque peccadille, telle que coups de fusil, coup de stylet et autres bagatelles. Mateo, plus qu'un autre avait la conscience nette, car depuis plus de dix ans il n'avait dirigé son fusil contre un homme, mais toutefois il était prudent, et il se mit en posture de faire une belle défense s'il en était besoin.

– Femme, dit-il à Giuseppa, mets bas ton sac, et tiens-toi prête. »

Elle obéit sur le champ. Il lui donna le fusil qu'il avait en bandoulière et qui aurait pu le gêner. Il arma celui qu'il avait à la main, et il s'avança lentement vers sa maison, longeant les arbres qui bordaient le chemin, et prêt à la moindre démonstration hostile, à se jeter derrière le plus gros tronc d'où il aurait pu faire feu à couvert. Sa femme marchait sur ses talons, tenant son fusil de rechange et sa giberne : l'emploi d'une bonne ménagère en cas de combat est de charger les armes de son mari.

D'un autre côté, l'adjudant était fort en peine en voyant Mateo s'avancer ainsi à pas comptés, le fusil en avant et le doigt sur la détente. « Si par hasard, pensa-t-il, Mateo se trouvait parent de Gianetto, ou s'il était son ami, et s'il voulait le défendre, les bourres de ses deux fusils arriveraient à deux d'entre nous, aussi sûr qu'une lettre à la poste, et s'il me visait, nonobstant la parenté !… »

Dans cette perplexité, il prit un parti fort courageux. Ce fut de s'avancer seul vers Mateo, pour lui conter l'affaire en l'abordant comme une vieille connaissance. Mais le court intervalle qui le séparait de Mateo lui parut terriblement long.

– Holà ! Eh ! mon vieux camarade, criait-il ; comment cela va-t-il mon brave ? C'est moi, c'est Gamba ton cousin.

Mateo, sans répondre un mot, s'était arrêté, et à mesure que l'autre parlait, il relevait doucement le canon de son fusil, de sorte qu'il était dirigé vers le ciel au moment que l'adjudant le joignit.

Bonjour, frère, dit l'adjudant en lui tendant la main. Il y a bien longtemps que je ne t'ai vu.

– Bonjour, frère.

– J'étais venu pour te dire bonjour en passant, et à ma cousine Pepa. Nous avons fait une longue traite aujourd'hui, mais il ne faut pas plaindre notre fatigue, car nous avons fait une fameuse prise. Nous venons d'empoigner Gianetto Sanpiero.

– Dieu soit loué ! s'écria Giuseppa. Il nous a volé une chèvre laitière la semaine passée.

Ces mots réjouirent Gamba.

– Pauvre diable ! dit Mateo, il avait faim.

– Le drôle s'est défendu comme un lion, poursuivit l'adjudant un peu mortifié, il m'a tué un de mes voltigeurs, et non content de cela, il a cassé le bras au caporal Chardon, mais il n'y a pas grand mal, ce n'était qu'un Français… Ensuite il s'était si bien caché que le diable ne l'aurait pu découvrir. Sans mon petit cousin Fortunato, je ne l'aurais jamais pu trouver.

– Fortunato ! s'écria Mateo.

– Fortunato ! répéta Giuseppa.

– Oui, Gianetto était caché sous ce tas de foin là-bas ; mais mon petit cousin m'a montré la malice. Aussi je le dirai à son oncle le Caporale, afin qu'il lui envoie un beau cadeau pour sa peine. Et son nom et le tien seront dans le rapport que j'enverrai à Mr l'avocat général.

– Malédiction ! dit tout bas Mateo.

Ils avaient rejoint le détachement. Gianetto était déjà couché sur la litière et prêt à partir. Quand il vit Mateo en la compagnie de Gamba, il sourit d'un sourire étrange, puis se tournant vers la porte de la maison, il cracha sur le seuil en disant : « Maison d'un traître ! »

Il n'y avait qu'un homme décidé à mourir, qui eût osé prononcer le mot de traître en l'appliquant à Falcone. Un bon coup de stylet, qui n'aurait pas eu besoin d'être répété, aurait immédiatement payé l'insulte. Cependant Mateo ne fit pas d'autre geste que celui de porter sa main à son front comme un homme accablé.

Fortunato était entré dans la maison en voyant arriver son père. Il reparut bientôt avec une jatte de lait, qu'il présenta les yeux baissés à Gianetto. – « Arrière de moi ! » lui cria le proscrit d'une voix foudroyante, puis se tournant vers un des voltigeurs : Camarade, donne-moi à boire, dit-il. Le soldat remit sa gourde entre ses mains et le bandit but l'eau que lui donnait un homme avec lequel il venait d'échanger des coups de fusil. Ensuite il demanda qu'on lui attachât les mains de manière qu'il les eût croisées sur sa poitrine, au lieu de les avoir liées derrière le dos. « J'aime, disait-il, à être couché à mon aise. » On s'empressa de le satisfaire, puis l'adjudant donna le signal du départ, dit adieu à Mateo qui ne lui répondit pas et descendit au pas redoublé vers la plaine.

Il se passa près de dix minutes avant que Mateo ouvrit la bouche. L'enfant regardait d'un œil inquiet, tantôt sa mère et tantôt son père, qui s'appuyant sur son fusil, le considérait avec une expression de colère concentrée.

– Tu commences bien ! dit enfin Mateo d'une voix calme, mais effrayante pour qui connaissait l'homme.

– Mon père, s'écria l'enfant en s'avançant les larmes aux yeux comme pour se jeter à ses genoux ; mais Mateo lui cria : « Arrière de moi ! » et l'enfant s'arrêta et sanglota immobile, à quelques pas de son père.

Giuseppa s'approcha. Elle venait d'apercevoir la chaine de la montre dont un bout sortait de la chemise de Fortunato.

– Qui t'a donné cette montre ? demanda-t-elle d'un ton sévère.

– Mon cousin l'adjudant.

Falcone saisit la montre et la jetant avec force contre une pierre il la mit en mille pièces.

« Femme, dit-il, cet enfant est-il de moi ?

Les joues brunes de Giuseppa, devinrent d'un rouge de brique.

– Que dis-tu, Mateo ! Et sais-tu bien à qui tu parles ?

– Eh bien ! cet enfant est le premier de sa race qui ait fait une trahison.

Les sanglots et les hoquets de Fortunato redoublèrent, et Falcone toujours tenait ses yeux de lynx attachés sur lui. Enfin, il frappa la terre de la crosse de son fusil, puis le jeta sur son épaule et reprit le chemin du maquis en criant à Fortunato de le suivre.

L'enfant obéit.

Giuseppa courut après Mateo, et lui saisit le bras : – C'est ton fils, lui dit-elle, d'une voix tremblante, en attachant ses yeux noirs sur ceux de son mari comme pour lire ce qui se passait dans son âme.

– Laisse-moi, répondit Mateo. Je suis son père.

Giuseppa embrassa son fils, et rentra en pleurant dans sa cabane : elle se jeta à genoux devant une image de la Vierge et pria avec ferveur. Cependant Falcone marcha quelques deux cents pas dans le sentier, et ne s'arrêta que dans un petit ravin où il descendit. Il sonda la terre avec la crosse de son fusil et la trouva molle et facile à creuser. L'endroit lui parut convenable pour son dessein.

" Fortunato, va auprès de cette grosse pierre. "

L'enfant fit ce qu'il lui commandait puis il s'agenouilla.

– Dis tes prières.

– Mon père, mon père, ne me tuez pas !

– Dis tes prières, répéta Mateo d'une voix terrible.

L'enfant tout en balbutiant et en sanglotant, récita le *Pater* et le *Credo*. Le père, d'une voix forte, répondait *Amen !* à la fin de chaque prière.

– Sont-ce là-toutes les prières que tu sais ?

– Mon père, je sais encore l'*Ave Maria*, et la litanie que ma tante m'a apprise.

15

– Elle est bien longue : n'importe. »

L'enfant acheva la litanie d'une voix éteinte.

– As-tu fini ?

– Oh ! mon père, grâce ! pardonnez-moi : je ne le ferai plus ! Je prierai tant mon cousin le caporale, qu'on fera grâce à Gianetto !

Il parlait encore ; Mateo avait armé son fusil et le couchait en joue, en lui disant : « Dieu te pardonne ! » L'enfant fit un effort désespéré pour se relever et embrasser les genoux de son père, mais il n'en eut pas le temps. Mateo fit feu, et Fortunato tomba raide mort.

Sans jeter un coup d'œil sur le cadavre, Mateo reprit le chemin de sa maison pour aller chercher une bêche afin d'enterrer son fils. Il avait fait à peine quelques pas, qu'il rencontra Giuseppa, qui accourait alarmée du coup de feu.

« Qu'as-tu fait ! s'écria-t-elle.

– Justice.

– Où est-il ?

– Dans le ravin. Je vais l'enterrer. Il est mort en chrétien. Je lui ferai chanter une messe. Que l'on dise à mon gendre Tiodoro Bianchi, qu'il vienne demeurer avec nous. »

Σ τὴν 14 τοῦ Φεϐ. 1829

16